DIX MARM… MARAB…UTS

Kathryn Heling et Deborah Hembrook

Illustrations de Jay Johnson

Texte français d'Isabelle Allard

Éditions SCHOLASTIC

Pour Nora... l'aventurière! Affectueusement, grand-maman – KEH

À la douce mémoire de ma grand-mère Stella – DKH

Pour ma femme Cristy et pour Kyle, mon fils rarement marabout – JJ

Catalogage avant publication de Bibliothèque et Archives Canada

Heling, Kathryn
[Ten grouchy groundhogs. Français]
Dix marmottes marabouts / Kathryn Heling et Deborah Hembrook ; illustrations de Jay Johnson ; texte français d'Isabelle Allard.

Traduction de : Ten grouchy groundhogs.
ISBN 978-1-4431-5126-9 (couverture souple)

I. Hembrook, Deborah, auteur II. Johnson, Jay B., illustrateur III. Titre. IV. Titre: Ten grouchy groundhogs. Français.

PZ24.3.H45Dim 2016 j813'.6 C2015-905122-3

Édition publiée par les Éditions Scholastic, 604, rue King Ouest, Toronto (Ontario) M5V 1E1.

5 4 3 2 1 Imprimé au Canada 119 16 17 18 19 20

FSC www.fsc.org MIXTE Papier issu de sources responsables FSC® C103113

10%

Dix marmottes marabouts,
entassées dans leur trou,
se poussent et se trémoussent
quand tout à coup…

Une marmotte marabout
s'arrête et pousse un cri :
« Ce terrier est trop petit!
Laissez-moi sortir d'ici! »

Neuf marmottes boueuses
travaillent dans leur trou.
Elles bâtissent et agrandissent
quand tout à coup...

Une marmotte boueuse
s’arrête et pousse un cri :
« Je dois prendre un bain!
Laissez-moi sortir d’ici! »

Huit marmottes gracieuses
dansent dans leur trou.
Elles pivotent et virevoltent
quand tout à coup...

Une marmotte gracieuse
s'arrête et pousse un cri :
« Je suis tout étourdie!
Laissez-moi sortir d'ici! »

Sept marmottes bavardes
jacassent dans leur trou.
Elles papotent et placotent
quand tout à coup...

Une marmotte bavarde
s'arrête et pousse un cri :
« Il y a trop de bruit!
Laissez-moi sortir d'ici! »

Six marmottes rigolotes
s'agitent dans leur trou.
Elles chahutent et culbutent
quand tout à coup…

Une marmotte rigolote
s'arrête et pousse un cri :
« Je suis trop fatiguée!
Laissez-moi sortir d'ici! »

Cinq marmottes musiciennes
répètent dans leur trou.
Elles se balancent en cadence
quand tout à coup...

Une marmotte musicienne
s'arrête et pousse un cri :
« Je suis une vedette rock!
Laissez-moi sortir d'ici! »

Quatre marmottes gloutonnes
se régalent dans leur trou.
Elles grignotent et sirotent
quand tout à coup...

Une marmotte gloutonne
s'arrête et pousse un cri :
« J'ai mal à une dent!
Laissez-moi sortir d'ici! »

Trois marmottes coquettes
se font belles dans leur trou.
Elles se pomponnent et se
bichonnent quand tout à coup...

Une marmotte coquette
s'arrête et pousse un cri :
« La poudre me rend malade!
Laissez-moi sortir d'ici! »

Deux marmottes ricaneuses
s'amusent dans leur trou.
Elles glissent et bondissent
quand tout à coup...

Une marmotte ricaneuse s'arrête et pousse un cri : « L'hiver est peut-être fini! Laissez-moi sortir d'ici! »

Une marmotte grincheuse
se demande, étonnée :
« Où sont donc mes amis?
Je suis seule dans le terrier! »

La marmotte grincheuse
sort la tête de son trou.
Elle compte les marmottes...
il y en a dix en tout!

Dix marmottes timides
observent les environs.
Surprises par leur ombre,
elles rentrent à la maison!

Dix marmottes ravies
s'endorment en souriant.
Blotties dans leur terrier,
elles rêvent du printemps.

Bonne nuit, les marmottes!